La ciencia de los seres vivos

¿Qué son los reptiles?

Bobbie Kalman

Crabtree Publishing Company

www.crabtreebooks.com

Serie La ciencia de los seres vivos
Un libro de Bobbie Kalman

Para Jennifer Kala Kos
¡Poder a la tortuga!

Autora y editora en jefe
Bobbie Kalman

Editora ejecutiva
Lynda Hale

Editora principal
April Fast

Equipo de edición e investigación
Allison Larin
Kate Calder
Heather Levigne
Jane Lewis
Marsha Baddeley

Diseño por computadora
Lynda Hale

**Coordinación de producción
e investigación fotográfica**
Hannelore Sotzek

Consultor lingüístico
Dr. Carlos García, M.D., Maestro bilingüe de
Ciencias, Estudios Sociales y Matemáticas

Agradecimiento especial a
Dr. Christopher Brochu y Harold K. Voris, Field Museum
of Natural History; Jim Cornish, Gander Academy; Ryan T. Carter

Fotografías
James Kamstra: páginas 6 (parte inferior), 17 (centro), 22 (izquierda)
Robert & Linda Mitchell: páginas 11 (parte superior), 17 (parte superior),
    19 (parte inferior), 22 (derecha), 25 (parte inferior)
Photo Researchers, Inc./Andrew A. Gifford/NAS: página 12
James H. Robinson: páginas 11 (parte inferior), 17 (parte inferior), 19 (parte superior)
James P. Rowan: páginas 6 (parte superior), 13 (parte inferior), 24 (parte inferior),
    26 (parte inferior, a la izquierda), 27 (parte superior), 29
Tony & Alba Sanches-Zinnanti: página 11 (centro)
Allen Blake Sheldon: páginas 9 (parte inferior), 13 (parte superior), 14, 16,
    26 (parte superior), 30
Eric A. Soder/Tom Stack & Associates: página 15
Valan Photos: John Cancalosi: páginas 20 (parte inferior), 28; James D. Markou:
    página 27 (parte inferior); Jim Merli: página 20 (parte superior);
    John Mitchell: página 21
Visuals Unlimited: página 13 (centro)
Otras fotografías de Digital Stock y Digital Vision

Ilustraciones
Barbara Bedell: portada, páginas 4, 5, 7; Anne Giffard: página 21

Traducción
Servicios de traducción al español y de composición
    de textos suministrados por translations.com

Crabtree Publishing Company

www.crabtreebooks.com   1-800-387-7650

Cataloging-in-Publication Data
Kalman, Bobbie, 1947-
    [What is a reptile? Spanish]
    ¿Qué son los reptiles? / written by Bobbie Kalman.
        p. cm. -- (La ciencia de los seres vivos)
Includes index.
ISBN-13: 978-0-7787-8762-4 (rlb)
ISBN-10: 0-7787-8762-1 (rlb)
ISBN-13: 978-0-7787-8808-9 (pb)
ISBN-10: 0-7787-8808-3 (pb)
    1. Reptiles--Juvenile literature. I. Title. II. Series.
QL644.2.K3218 2005
597.9--dc22   2005015044
                                                                    LC

**Publicado en
los Estados Unidos**
PMB16A
350 Fifth Ave.
Suite 3308
New York, NY
10118

**Publicado
en Canadá**
616 Welland Ave.,
St. Catharines, Ontario
Canada
L2M 5V6

**Publicado en el
Reino Unido**
73 Lime Walk
Headington
Oxford
OX3 7AD
United Kingdom

**Publicado
en Australia**
386 Mt. Alexander Rd.,
Ascot Vale (Melbourne)
VIC 3032

Contenido

¿Qué son los reptiles?

Los reptiles son **vertebrados**, es decir, animales que tienen **columna vertebral**. Los reptiles son animales de **sangre fría**. La temperatura corporal de estos animales cambia con la temperatura del ambiente que los rodea. Todos los reptiles tienen **escamas** en la piel. Algunos tienen patas cortas. Otros no tienen patas. Respiran con los pulmones, igual que tú.

Cuatro grupos de reptiles

Los científicos clasifican a los reptiles en cuatro grupos principales:

1. Crocodilios
2. Tuataras
3. Lagartos y serpientes
4. Quelonios

cocodrilo

Los cocodrilos, gaviales y caimanes forman parte del grupo de los Crocodilios. Hay 23 **especies** o tipos distintos de caimanes y cocodrilos.

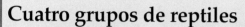

gavial

caimán

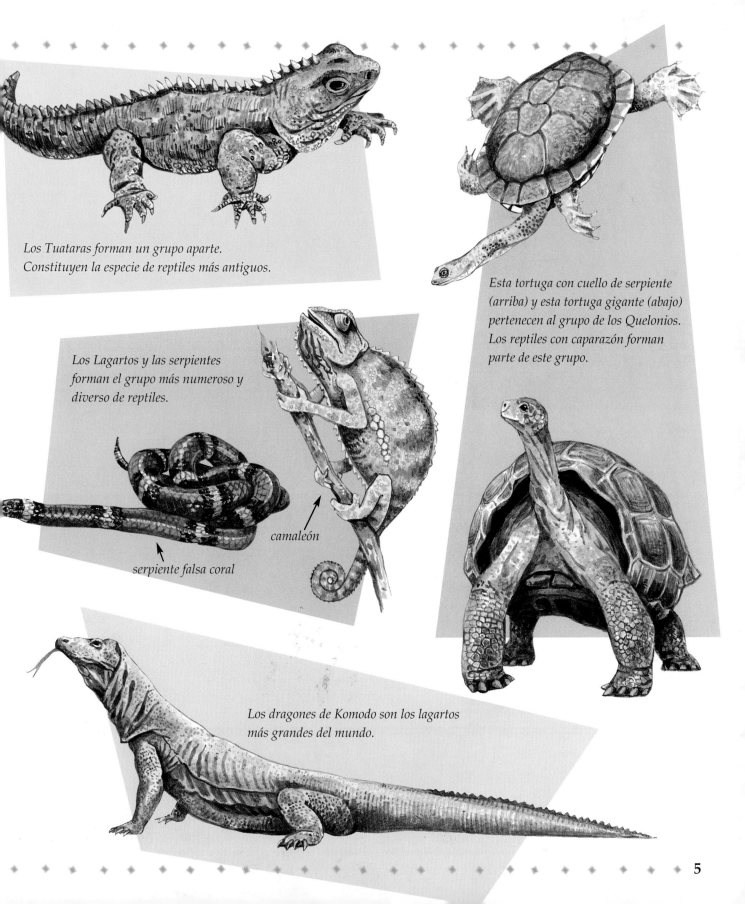

Los Tuataras forman un grupo aparte.
Constituyen la especie de reptiles más antiguos.

Esta tortuga con cuello de serpiente
(arriba) y esta tortuga gigante (abajo)
pertenecen al grupo de los Quelonios.
Los reptiles con caparazón forman
parte de este grupo.

Los Lagartos y las serpientes
forman el grupo más numeroso y
diverso de reptiles.

camaleón

serpiente falsa coral

Los dragones de Komodo son los lagartos
más grandes del mundo.

El cuerpo de los reptiles

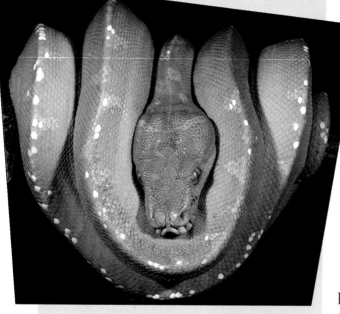

Esta pitón verde arbórea descansa plegando su largo cuerpo sobre una rama.

Los distintos tipos de reptiles tienen características similares. Por ejemplo, dentro del cuerpo todos tienen **órganos**, como estómago, corazón y pulmones.

Dientes extraordinarios

A la mayoría de los reptiles les siguen saliendo dientes toda la vida. A medida que los dientes viejos y enfermos se caen, son reemplazados por otros. No obstante, las tortugas no tienen dientes. Tienen un pico duro con el que muerden el alimento.

Más y más grande

El cuerpo de las serpientes y de algunos reptiles, como los cocodrilos y las tortugas gigantes, continúa creciendo aunque ya sean adultos. Cuanto más viven, más grandes son. ¡Algunas tortugas pueden vivir más de 100 años! La tortuga gigante de esta foto es grande, pero es de temperamento tranquilo. ¿Cuántos años crees que tiene?

Piel escamosa

La piel de los reptiles está hecha de cientos de escamas, constituidas por **queratina**, que es el material del que están hechos las uñas y el cabello de los seres humanos. Algunos reptiles tienen escamas pequeñas y otros, escamas grandes. Algunas crecen y se fortalecen a medida que el animal continúa creciendo.

Las escamas sirven para proteger el cuerpo del reptil. Le permiten vivir en climas secos sin **deshidratarse**, es decir, sin perder mucha agua del cuerpo. Los seres vivos necesitan agua para sobrevivir.

Lo viejo no sirve

Las serpientes y los lagartos cambian de escamas todo el tiempo. Las **mudan** por otras a medida que crecen.

Los lagartos mudan las escamas en grandes láminas. Las serpientes lo hacen en una sola pieza. La mayoría de los reptiles demoran unos días en mudar las escamas. Las viejas están secas, mientras que las nuevas son blandas y relucientes.

Un equilibrio delicado

Los reptiles son animales de sangre fría. Para calentarse el cuerpo necesitan el calor del sol, de modo que toman sol durante el día. Cuando la temperatura sube mucho, se refrescan a la sombra. La mayoría vive en regiones **tropicales**. No podrían sobrevivir en zonas montañosas altas ni en las regiones árticas porque el aire los puede congelar.

Una larga siesta

Las tortugas terrestres y acuáticas que viven en zonas **templadas hibernan** durante el invierno. Durante la hibernación, los animales descansan largo tiempo sin comer ni moverse mucho. Viven de la grasa que han almacenado en el cuerpo. Cuando vuelve a hacer calor, dejan de hibernar. Para hibernar, las tortugas pequeñas de tierra se entierran profundamente en el barro. De esta manera la helada no les llega. Algunas tortugas acuáticas hibernan en el lodo del fondo de lagos y ríos.

Algunos reptiles que viven en zonas tropicales también descansan un largo tiempo. Lo hacen en los meses más cálidos del verano, cuando no hay mucha comida ni agua. Este descanso durante el verano se llama **estivación**. Muchos reptiles que viven en desiertos cálidos estivan.

Este cocodrilo es demasiado grande como para refrescarse debajo de una piedra. En cambio, abre la boca para que el calor escape del cuerpo. También descansa en la sombra, lejos del calor del sol.

Ni muy frío ni muy caliente

El cuerpo de los reptiles tiene que estar caliente para que sus órganos funcionen bien. Cuando la temperatura corporal es de menos de 86 a 95 °F (30 a 35 °C), la frecuencia cardíaca y la respiración se hacen más lentas y el sistema digestivo no funciona bien.

Si un reptil come mucho cuando hace frío, la temperatura de su cuerpo puede bajar tanto que no le será posible digerir bien el alimento. Si no puede digerirlo bien, puede morir.

La tortuga leopardo (arriba) y la serpiente hocico de cerdo (abajo) pueden sobrevivir en temperaturas muy altas porque tienen madrigueras subterráneas donde pueden mantenerse frescas.

Los sentidos

Los reptiles dependen de los sentidos para encontrar alimento y ubicar objetos. Cada tipo de reptil usa distintos sentidos para sobrevivir. Por ejemplo, algunos reptiles tienen una vista excelente, mientras que otros tienen un oído muy sensible.

El órgano de Jacobson

Muchos reptiles tienen **órganos de Jacobson** en el paladar. Las serpientes y los lagartos usan el órgano de Jacobson para buscar, probar y oler los alimentos. Para usar este órgano, los reptiles sacan la lengua y la vuelven a guardar rápidamente. Cuando sacan la lengua atrapan partículas de aroma del aire. Al tocar el órgano de Jacobson con la lengua pueden determinar si están cerca de la **presa**. También pueden detectar si hay enemigos cerca.

Este lagarto de lengua azul usa la lengua para detectar el sabor y el olor del aire.

Los párpados de los reptiles

Las serpientes y algunos lagartos no tienen párpados como nosotros, sino que tienen párpados transparentes que siempre les cubren los ojos para protegerlos. Los Crocodilios también tienen párpados adicionales y transparentes, que les permiten ver cuando están debajo del agua.

El párpado de esta salamanquesa es tan transparente que parece invisible. Todo el ojo está cubierto por el párpado, de manera que no le puede entrar polvo.

Me suena bien

La mayoría de los reptiles tienen aberturas para los oídos. Estas aberturas permiten que el sonido llegue hasta el oído interno del reptil. Las serpientes no tienen estas aberturas, pero aun así pueden detectar ruidos. El sonido viaja a través del cráneo hasta el oído interno. Algunas serpientes no se guían para nada por los ruidos. Son tan sensibles a los cambios de temperatura que pueden sentir el calor corporal de las presas de sangre caliente.

El lagarto que aparece arriba tiene aberturas a través de las cuales el sonido llega hasta el oído. Las serpientes, como la víbora cobriza que aparece a la izquierda, no tienen esas aberturas. Tienen órganos especiales denominados "fosetas" entre los ojos y las fosas nasales. Las fosetas pueden detectar un aumento o disminución de la temperatura. Cuando un animal de sangre caliente pasa cerca, la víbora lo puede atacar incluso en la oscuridad.

Alimento y caza

Los reptiles necesitan comer para sobrevivir. Muchos son **carnívoros**. Los carnívoros son animales que se comen a otros animales. ¡Algunos reptiles se comen incluso a otros reptiles! La mayoría de los Quelonios y algunos lagartos son **omnívoros**. Los omnívoros son animales que comen tanto plantas como otros animales.

La mayoría de las serpientes pueden comer animales mucho más grandes que ellas. Demoran varias horas en tragarlos y varias semanas en digerirlos. Después de las comidas grandes, no necesitarán comer de nuevo en meses.

Encontrar alimento

Los reptiles tienen muchas formas de atrapar y comer el alimento. Algunos usan los sentidos para rastrear a la presa. Otros, como los cocodrilos y los caimanes, suelen dejar que la presa se les acerque. Se esconden en silencio hasta que la presa está al alcance y luego la atrapan con sus poderosas mandíbulas. Todos los reptiles de esta página tienen distintas formas de obtener el alimento.

La tortuga caimán que aparece arriba atrae a la presa al interior de su boca por medio de la lengua, que parece un gusanito. Cuando un pez curioso se acerca a investigar, la tortuga cierra la boca de golpe y lo atrapa.

La culebra real californiana, que aparece abajo, mata a la presa apretándola hasta que muere. Enrolla su cuerpo alrededor de la presa y lentamente la va apretando cada vez más. Por último, el animal muere porque no puede respirar.

El dragón de Komodo que aparece arriba caza y mata animales para alimentarse. A menudo caza jabalíes, monos y otros reptiles. También se alimenta de animales muertos. ¡Por eso tiene tan mal aliento!

El hogar de los reptiles

Los reptiles habitan en todo el mundo, excepto en los lugares con clima muy frío. En cada **hábitat** viven distintos tipos de reptiles. Un hábitat es el lugar natural donde vive un animal. Entre los hábitats de los reptiles se encuentran océanos, bosques y pantanos.

Muchos viven en **comunidades** o grupos. Unas especies de reptiles conviven con otras. Algunas, como los tuataras, pueden vivir con animales de otras especies.

Las patas los delatan

El cuerpo de los reptiles está bien adaptado a su medio ambiente. Si observas las patas de los distintos tipos de reptiles, puedes saber dónde viven. Los que viven en el agua tienen membranas entre los dedos que les sirven para nadar. Los lagartos que trepan árboles tienen dedos largos para agarrarse de la corteza y las ramas. Los lagartos que construyen madrigueras viven bajo tierra y tienen garras afiladas para cavar. Los reptiles que viven en desiertos tienen escamas largas en los dedos que les sirven para caminar en la arena.

Reptiles arbóreos

Los reptiles que viven en los árboles tienen distintas formas de moverse por su hábitat. Las serpientes voladoras viven en árboles altos. Para ir de una rama a otra, saltan, aplanan el cuerpo y planean por el aire. Los lagartos que viven en los árboles por lo general tienen cola larga que les sirve para balancearse y aferrarse a las ramas.

(arriba) Este peludo capibara comparte su hogar con un grupo de caimanes de aspecto peligroso. Por suerte, los caimanes sólo comen peces.

Las crías de los reptiles

Los machos y hembras adultos se **aparean** o se unen para tener crías. Los reptiles de la mayoría de las especies nacen de huevos, pero algunos, como la boa constrictor, son diferentes. Estos reptiles **nacen del cuerpo de la madre**. Los animales que nacen del cuerpo de la madre no salen de un huevo.

Huevos de reptil

Algunos reptiles hembra ponen huevos en la tierra, en nidos hechos de plantas o lodo. Algunos huevos de reptil tienen cáscara dura, mientras que otros tienen cascarones blandos, con textura de cuero. Muchos sirven de alimento a los **depredadores** antes de que nazcan las crías. Muchos animales, incluso distintos tipos de serpientes y aves, comen huevos de reptil. Las crías rompen el cascarón con un **diente de la eclosión**, que tienen en la cara. Poco después de nacer, el diente se cae.

Recién salidas del huevo

Los reptiles jóvenes que acaban de salir del huevo se llaman **crías recién eclosionadas**. Tienen el mismo aspecto del adulto en tamaño pequeño. La mayoría de las hembras adultas no cuidan a sus crías recién eclosionadas. Poco después de romper el cascarón, éstas deben encontrar su propio alimento, construir su propio hogar y protegerse de los depredadores.

Estas crías de lagarto de la familia Agámidos pueden defenderse solas y encontrar alimento sin ayuda.

¿Qué tipo de reptil crees que saldrá de estos huevos? Si necesitas una pista, observa la imagen de la página anterior.

La mejor mamá

De todos los reptiles, los Crocodilios son los que pasan más tiempo cuidando a las crías. Las hembras protegen el nido de los depredadores. Cuando las crías salen del huevo, la madre las lleva al agua en el hocico. Permanecen durante varios meses cerca de la madre para estar protegidas.

En defensa propia

Los reptiles tienen muchas formas de protegerse de sus enemigos. Algunos, como el dragón de Komodo, usan la fuerza bruta para lastimar a sus atacantes. Otros tienen formas distintas de defenderse.

Reptiles venenosos

Algunas serpientes y lagartos son venenosos. Estos animales producen **veneno** y lo usan para protegerse de los depredadores o para capturar a la presa. Las serpientes y los lagartos venenosos tienen en la boca dos dientes adicionales llamados **colmillos**. Cuando un reptil venenoso muerde a un animal, el veneno pasa por los colmillos al cuerpo del animal.

Algunos lagartos intentan ahuyentar a los enemigos con su aspecto amenazador. Este lagarto de Kingy eleva el collar de piel que le rodea el cuello mientras persigue a los enemigos para asustarlos.

Mordida venenosa

Los colmillos son dientes filosos y huecos. Funcionan igual que la aguja de una jeringa. El veneno se produce en sacos especiales. Luego viaja por los colmillos huecos hasta el lugar donde perforaron la piel al morder al enemigo. El veneno de algunos reptiles puede matar, mientras que el de otros apenas aturde a los enemigos el tiempo suficiente para que el reptil escape.

A veces los seres humanos extraen el veneno de una serpiente venenosa y lo guardan para usarlo en medicamentos. Para hacerlo, una persona sostiene la cabeza de la serpiente y exprime con cuidado el veneno de los sacos que están dentro de su cuerpo. Luego el veneno gotea de los colmillos.

Cola desprendible

La cola de la mayoría de los lagartos se puede desprender si un depredador la atrapa. Está hecha de huesos llamados **vértebras**, que tienen grietas por donde se pueden romper. Cuando un lagarto pierde la cola, ésta se mueve durante unos minutos. Ese movimiento distrae a los depredadores el tiempo suficiente para que el lagarto huya. Cuando la cola vuelve a crecer, no tiene vértebras. La parte nueva de la cola está formada por tubos huecos de **cartílago**, que es un tejido duro pero flexible. Si se le desprende la cola de nuevo, debe hacerlo por encima del lugar donde se había desprendido antes, donde todavía hay vértebras.

A este lagarto se la ha desprendido la cola. La nueva cola que le crecerá será más pequeña que la original.

Serpientes

Las serpientes son reptiles sin patas y con cuerpo largo. Algunas viven en túneles subterráneos o **madrigueras**, mientras que otras viven sobre la tierra. Algunas especies también viven en el agua y en los árboles. Las serpientes más grandes del mundo son la anaconda y la pitón reticulada. Cada una crece hasta 30 pies (9 m) de longitud. Las serpientes de maceta, como la serpiente ciega enana, miden menos de 6 pulgadas (15 cm). Son las más pequeñas del mundo.

La cobra coral que aparece arriba es venenosa. Usa el veneno para defenderse y aturdir o matar a la presa.

Esta boa arco iris mata a la presa por asfixia mediante constricción, es decir, apretándola hasta que no puede respirar.

Alimentación

Las serpientes no usan los dientes para masticar. Los usan para atrapar a la presa y empujarla por el **esófago** o garganta. Se tragan a la presa entera. El esófago de las serpientes mide un tercio de su longitud total.

Serpientes venenosas

Algunas personas piensan que todas las serpientes son venenosas, pero de más de 2,700 especies que existen, sólo cerca de 800 lo son. De las especies venenosas, sólo unas 250 son peligrosas para los seres humanos. La mayoría de las serpientes sólo muerden si necesitan protegerse.

*La articulación de la mandíbula de la serpiente le permite abrir mucho la boca. Algunas pueden **dislocar** la mandíbula para tragarse enteras presas muy grandes. Dislocar significa mover los huesos a una posición que no es la normal.*

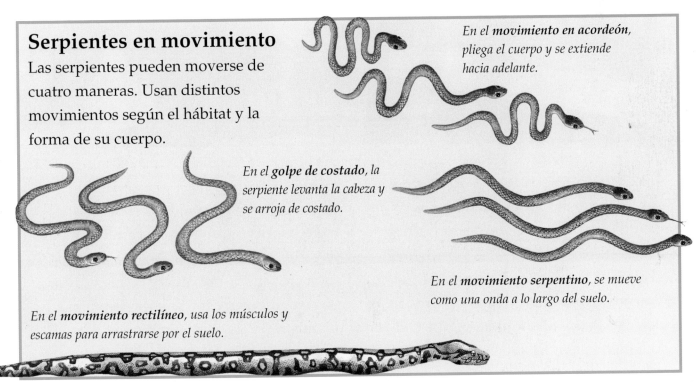

Serpientes en movimiento

Las serpientes pueden moverse de cuatro maneras. Usan distintos movimientos según el hábitat y la forma de su cuerpo.

*En el **movimiento en acordeón**, pliega el cuerpo y se extiende hacia adelante.*

*En el **golpe de costado**, la serpiente levanta la cabeza y se arroja de costado.*

*En el **movimiento serpentino**, se mueve como una onda a lo largo del suelo.*

*En el **movimiento rectilíneo**, usa los músculos y escamas para arrastrarse por el suelo.*

Lagartos

Los lagartos son reptiles con cola que por lo general viven en la tierra. La mayoría tiene cuatro patas cortas, pero algunas especies no tienen ninguna. Muchos pueden caminar o correr rápidamente. Los machos y las hembras de algunas especies se diferencian por el color.

Lagartos pequeños y grandes

Hay lagartos de todos los tamaños y colores. La salamanca que aparece arriba a la izquierda es uno de los lagartos más pequeños del mundo. El más grande es el dragón de Komodo, que aparece arriba a la derecha. Puede medir hasta 10 pies (3 m) de longitud y pesar hasta 365 libras (166 kg).

Varanos

Los lagartos más grandes del mundo pertenecen al grupo de los **varanos**. Estos lagartos tienen una vista excelente y un potente sentido del olfato. Pueden dislocar las mandíbulas y tragar presas enteras. Para atraparlas, usan sus dientes filosos como navajas.

Camaleones

Los camaleones son lagartos únicos. Para confundirse con su entorno, cambian el color de la piel a distintos tonos de verde, amarillo, marrón y rojo. La capacidad de cambiar de color les permite ocultarse de los depredadores y acercarse sigilosamente a la presa.

Ojos en todas partes

Los ojos saltones del camaleón pueden girar en distintas direcciones. Un ojo puede mirar al frente mientras el otro mira hacia arriba. De esta manera, el camaleón vigila a los depredadores y a la presa al mismo tiempo.

Trasladarse

Los lagartos tienen las patas a los costados del cuerpo. Para caminar y correr, el lagarto tiene que doblarse de un lado a otro. A pesar de ello, algunos pueden caminar muy rápidamente.

Algunos lagartos, como los camaleones, tienen colas **prensiles** que les sirven para sostener el peso del cuerpo. Cuando están en los árboles, suelen enrollar la poderosa cola alrededor de las ramas para no caerse. Otros lagartos, como el basilisco, pueden correr sobre las patas traseras.

El camaleón que aparece arriba está comenzando a cambiar de color para confundirse con el entorno pedregoso.

Quelonios

Las tortugas terrestres y acuáticas forman un grupo de reptiles llamados Quelonios. Se trata de reptiles con caparazón. El peso del caparazón hace que los Quelonios se muevan lentamente. Sin embargo, la capacidad de retraerse dentro del duro caparazón los protege de los depredadores. Las tortugas acuáticas tienen buena vista, pero los científicos creen que usan el sentido del olfato para encontrar el alimento y buscar a los demás miembros de su grupo.

Las patas de la tortuga marina tienen forma de aletas y le sirven para impulsarse en el agua.

¿Cuál es cuál?

Las tortugas acuáticas y terrestres son parecidas, pero se diferencian en algunas cosas importantes. Unas viven en el agua y otras en la tierra. El caparazón de las tortugas acuáticas es delgado y liviano para que puedan nadar mejor. El de las tortugas terrestres es grueso y duro para protegerlas de los depredadores.

Las patas de las tortugas galápagos son fuertes y robustas como patas de elefante. Deben transportar el pesado caparazón por la tierra.

Cuerpo blindado

Casi todas las tortugas tienen un caparazón duro que las protege de los depredadores. Está hecho de placas de hueso conectadas a las costillas y a la columna del animal. Está cubierto por finas capas de piel que contienen muchos nervios y vasos sanguíneos. La piel está cubierta por **escudos** o placas de hueso gracias a los cuales estos animales son muy sensibles al contacto físico. Los Quelonios no mudan el caparazón. Éste aumenta de grosor y tamaño a medida que el animal envejece.

Esta pequeña tortuga está protegida de los depredadores gracias a su duro caparazón. Los escudos del caparazón de los Quelonios se ensamblan como las escamas de las serpientes.

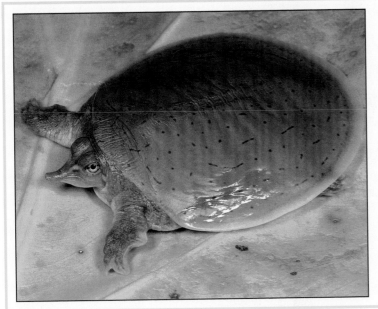

Tortugas de caparazón blando

Las tortugas acuáticas de caparazón blando, como la que aparece a la izquierda, tienen un caparazón distinto de los de otras tortugas. Este caparazón está hechos de piel gruesa. Se puede cortar o dañar fácilmente. Las tortugas de caparazón blando viven sólo en hábitats de agua dulce. Cuando nadan, sacan del agua el hocico para poder respirar. Muchas personas tienen tortugas de caparazón blando como mascotas.

Crocodilios

La mayor parte de la población de gaviales vive en India, Nepal y Pakistán. Estos reptiles tienen un hocico largo y delgado que les sirve para atrapar peces.

Hay tres tipos de Crocodilios: cocodrilos, caimanes y gaviales. Los Crocodilios tienen dientes agudos, hocico largo, cuerpo pesado y una cola larga y musculosa que les sirve para nadar. Su piel está cubierta de placas de hueso o escamas grandes. Los Crocodilios comen aves y peces. Son depredadores **nocturnos** porque cazan de noche. Durante el día, toman el sol.

¿Cocodrilo o caimán?

Observa estas dos imágenes. ¿Sabes cuál es el cocodrilo y cuál es el caimán? Mira los hocicos. El caimán, que está arriba a la izquierda, es de la familia Aligatóridos. Su hocico corto y en forma de U es ideal para triturar a la presa. Cuando tiene la boca cerrada se le ven pocos dientes. El hocico del cocodrilo, arriba a la derecha, tiene forma de V y es largo y puntiagudo. Este tipo de hocico le permite arrancar trozos de carne de la presa. Cuando tiene la boca cerrada, se le ven dos dientes grandes en la mandíbula inferior.

Hogar, dulce hogar

Todos los Crocodilios viven
en aguas poco profundas, en
marismas o en ríos de corriente
lenta. Sólo viven en zonas cálidas,
donde el invierno rara vez es frío.
Muchos Crocodilios conviven
en grandes grupos.

*(derecha) Estos cocodrilos viven en
el río Nilo, en Egipto. Viven juntos
en un grupo pequeño. Durante la
temporada de apareamiento, los
machos se pelean unos con otros
para aparearse con las hembras.*

*Los ojos, las fosas nasales y las aberturas para los oídos de los Crocodilios están ubicados en la parte superior de la cabeza, para que puedan respirar y ver aun cuando el resto del cuerpo está bajo el agua. Unas **membranas** o finas capas de piel les cubren las fosas nasales, la garganta y los oídos para que no les entre agua cuando se sumergen.*

Tuataras

Aunque los tuataras parecen lagartos, forman un grupo aparte. Son la única especie sobreviviente de un grupo de reptiles que vivió hace 200 millones de años. Habitaron la Tierra mucho antes que otros reptiles, e incluso antes que los dinosaurios. A menudo se los llama **fósiles vivientes** porque son ejemplos vivos de criaturas que vivieron hace millones de años.

En cámara leeeeenta

El **metabolismo** de los tuataras es más lento que el de otros reptiles. Digieren el alimento y crecen muy lentamente. Algunos, sin embargo, pueden crecer hasta medir más de 2 pies (60 cm) de longitud y vivir hasta 120 años.

¿Dónde viven los tuataras?

Durante muchos años los tuataras vivieron en Nueva Zelanda y en las islas cercanas. Los científicos creen que pudieron sobrevivir durante millones de años porque en Nueva Zelanda no había animales que los cazaran.

La cara y la cola de los tuataras y de los lagartos se parecen. Sin embargo, los tuataras tienen crestas de pequeñas espinas a lo largo del lomo.

Los tuataras cambiaron muy poco a lo largo de los años porque las condiciones en las islas donde vivían tampoco cambiaron. Sin embargo, cuando los seres humanos se establecieron en Nueva Zelanda, trajeron con ellos animales, como perros y ratas, que mataron a estos reptiles. En poco tiempo se acabaron los tuataras en Nueva Zelanda. Los únicos lugares del mundo en los que viven actualmente son las islas cercanas a las costas de ese país.

Criaturas frías

Los tuataras son más activos en temperaturas frías que otros reptiles. Cazan y comen de noche, cuando el tiempo es fresco. Se alimentan de insectos, animales pequeños y huevos de aves. Durante los días cálidos, duermen en madrigueras subterráneas, donde también viven aves marinas.

Peligros que corren los reptiles

Como todos los animales, los reptiles forman parte importante de las **cadenas alimentarias**. Una cadena alimentaria es un modelo o ciclo en el que unos seres vivos comen y otros sirven de alimento. Los reptiles comen insectos y otros animales para obtener energía. En el ciclo otros animales obtienen energía alimentándose de reptiles.

Control de plagas

Los seres humanos necesitan a los reptiles. Algunas zonas del mundo tienen demasiados insectos que se comen las cosechas. Muchos lagartos comen insectos. De esa manera ayudan a los seres humanos a controlar las poblaciones de insectos que se consideran plagas.

La serpiente del maíz que aparece arriba se está comiendo a un ratón. Las serpientes ayudan a controlar la población de ratones y ratas.

Reptiles depredadores

Los reptiles sirven de alimento a mamíferos como las mangostas, los gatos y los cerdos. Las aves de presa, como los búhos, las águilas y los halcones, también comen reptiles. Los cocodrilos del Nilo, las serpientes reales y los varanos también se alimentan de reptiles pequeños. La cobra real come principalmente serpientes de menor tamaño. ¡Hasta come serpientes de su misma especie!

La mayor amenaza

Las poblaciones de reptiles de todo el mundo están amenazadas por la destrucción de su hábitat natural. El hábitat se destruye cuando los seres humanos contaminan el agua y cortan árboles para construir hogares y fábricas. Cuando se destruye su hogar, los reptiles a menudo mueren. Las serpientes están desapareciendo más rápidamente que cualquier otro grupo de vertebrados.

Primos de los dinosaurios

Los reptiles han habitado la Tierra durante unos 340 millones de años, muchos más que los seres humanos y otros mamíferos. Los dinosaurios pertenecían a la familia de los reptiles. Los reptiles actuales son parientes de los dinosaurios. Los cocodrilos son los parientes vivos más cercanos de los dinosaurios.

*Los dinosaurios vivieron en la Tierra hace millones de años. Se **extinguieron** mucho antes de que los seres humanos habitaran la Tierra. Es muy tarde para salvar a los dinosaurios, pero podemos tener más cuidado y conservar a otros reptiles con vida.*

Glosario

Nota: Es posible que las palabras en negrita que aparecen en el texto no figuren en el glosario.

aparearse Reproducirse o tener crías

cola prensil Expresión que describe una cola que puede enrollarse alrededor de objetos

constricción Acción de apretar fuertemente

depredadores Animales que cazan a otros animales

diente de eclosión Diente pequeño que algunos reptiles usan para romper el cascarón

escamas Delgadas secciones de tejido que forman la piel de algunos reptiles

estivar Estar inactivo durante el verano

guarida Túnel o agujero cavado por un animal

hábitat Lugar natural en donde vive una planta o animal

hibernar Estar inactivo durante el invierno

medio ambiente Entorno de un ser vivo

metabolismo Sistema que el cuerpo usa para convertir el alimento en energía

nocturno Palabra que describe a un animal que duerme durante el día y caza y se alimenta de noche

órgano Parte del cuerpo que cumple una tarea importante

presa Animal al que otros animales cazan y comen

sangre caliente Expresión que describe a un animal cuya temperatura corporal permanece igual sin importar cuál sea la temperatura de su medio ambiente

sangre fría Expresión que describe a un animal cuya temperatura corporal cambia con la temperatura del medio ambiente

templado Palabra que describe una zona donde los veranos son cálidos y los inviernos son fríos

tropical Palabra que describe una zona donde siempre hace calor

vertebrado Animal que tiene columna vertebral

Índice

1 2 3 4 5 6 7 8 9 0 Impreso en Canadá 4 3 2 1 0 9 8 7 6 5